AF273652

André Ducrós

La **WU LYF**

Ápeiron Ediciones

2024

André Ducrós

La WU LYF

arte□facto

1.ª edición, 2024

© Del texto, André Ducrós
© De la ilustración de portada, Uxía Cabada Allegue
© Ápeiron Ediciones

C/ Príncipe de Vergara, n.º 132, planta 9
28002 Madrid
Tfno.: (+34) 611 00 28 41
E-mail: info@apeironediciones.com
http://www.apeironediciones.com/

Diseño y maquetación: Ápeiron Ediciones

Papel procedente de fuentes responsables

ISBN: 978-84-129002-2-4
Depósito legal: M-15843-2024

Para Alexa C., quien siempre creyó en esta historia.

Y para todos aquellos
que hacen mejor el mundo de las personas
con sus pequeños y anónimos actos de amabilidad.

ÍNDICE

1

EL PRIMER TESTIMONIO

La primera vez que escuché el nombre de la World United Lucifer Youth Foundation fue en una cena que celebraba un viejo amigo de la universidad.

Me encendía un cigarrillo cuando una de las invitadas comenzó a contar una historia. Algo que le había pasado un par de semanas atrás volviendo sola a casa de noche.

—Entonces, me di la vuelta y le vi: un chico joven y vestido con una cazadora azul. Tenía el rostro oculto parcialmente con un gran pañuelo blanco. Un pañuelo que le cubría hasta la nariz y le caía hasta el pecho. Me miraba fijamente, detenido a unos metros de mí. No dijo nada y yo, en un primer instante, tampoco. Nos quedamos mirándonos el uno al otro como esperando a que el otro reaccionara. Tras eso decidí dirigirme a él. "¿Te puedo ayudar en algo?", le pregunté. "¿Quieres algo?". Pero él no contestó en ningún momento. Os mentiría si dijera que no tenía miedo. Estaba asustada. Además, el silencio con el que él respondía a cada una de mis preguntas me ponía más y más nerviosa. Tras un par de minutos así, decidí ignorarlo y seguir mi camino. Lo hice con dudas, pues no sabía si el chico tenía pensado atacarme o seguirme o qué.

—¿Y te siguió? —preguntó uno de los invitados.

—¡Vaya si lo hizo! Empecé a caminar mientras le vigilaba de reojo. Tardó un momento, pero en seguida se puso en marcha tras de mí. Llegué hasta el final de la calle y giré. Luego, al ver que él también hizo lo mismo a un par de metros de distancia, me detuve en seco y me encaré con él. Estaba nerviosa y molesta. "¿Qué diablos quieres?", le grité. Pero no contestó. Seguía sin decir nada.

—¡Qué horror! —dijo otra persona.

—"Me estás siguiendo", le dije. "Voy a llamar a la policía si no dejas de seguirme". Y entonces...

—¿Entonces qué?

—Entonces habló, y pronunció las únicas palabras que escuché a ese chico en toda la noche. Con una voz muy calmada, dijo algo así como: "*Cuenta la historia, no llames a la policía. Estamos aquí para ayudar, no te haremos daño. Recuerda a los chicos y chicas de la World United Lucifer Youth Foundation*".

Una nube de silencio, compuesta de incredulidad y curiosidad, se formó en la habitación. Luego, casi todos los presentes la rompieron con una risa nerviosa.

—No te creo —soltó alguien.

—Como lo oyes. En ese momento tenía tanta tensión en el cuerpo que ni pude reírme. El caso es que le creí. Le creí respecto a eso de que no me haría daño. Le eché la mirada de disgusto y rechazo más explícita de la historia y seguí caminando.

—¿Y él no hizo nada?

—Él guardó silencio y continuó siguiéndome a cierta distancia. Yo ya no sé ni dónde estaba. Sé que no me encontraba ya lejos de casa. Anduve un par de calles y por último llegué a la de mi portal. Entonces, otro temor se cruzó por mi mente: ¿y si este tío quiere saber dónde vivo? Pensé en echar a correr o en dar un par de vueltas más a la manzana para ver si se cansaba de seguirme, pero me moría de ganas de llegar a mi casa y cerrar la puerta con llave, así que descarté esas ideas. Me detuve un par de metros antes de mi portal y me giré hacia atrás rápidamente. Él también se paró. Procuraba mantener cierta distancia siempre. Me miraba, expectante, supongo. Estuvimos así casi un minuto, el uno frente al otro, como si fuéramos a batirnos en duelo, ¿sabes? Un duelo como los de los vaqueros del oeste.

10

Entonces, lentamente metí la mano en el bolso y localicé las llaves con los dedos. Las agarré fuerte. No creía que fuera a pasarme nada, que ese hombre fuera a hacerme nada malo, pero aun así la situación era tan extraña que me sentía muy vulnerable. Respiré profundamente y me lancé de un salto hacia mi portal. No pude mirar para el chico y comprobar qué hacía. No sabía si seguía allí detenido mirando mis agónicos movimientos o si exprimía sus pulmones en una carrera para alcanzarme antes de que pudiera entrar en el portal y cerrar la puerta. No lo pude saber en ese momento. Me concentré en meter la llave en la cerradura y abrir al primer intento. Lo logré. Empujé la puerta, me colé dentro en cuanto hubo el espacio suficiente y cerré la puerta detrás de mí con brusquedad y rapidez. Al otro lado del cristal no se veía nada. La calle, al menos desde mi ángulo de visión, parecía desierta.

—¡Joder, qué tensión! —expresó alguien.

—Solté aire. Me aseguré de que la puerta estaba cerrada y me fui corriendo al ascensor sin dejar de vigilar, en ningún momento, el trozo de calle que se veía a través del cristal del portal. Llegué arriba, a mi piso. Cerré la puerta con llave y me dirigí hacia la ventana para ver si el tío seguía ahí.

—¿Y qué viste? ¿Seguía allí?

—Allí estaba, donde lo dejé. Seguía parado al comienzo de la calle. No debió de inmutarse siquiera cuando salté hacia mi portal. Estuvo allí de pie, parado, durante un minuto o dos. Luego dio media vuelta y se perdió calle arriba. Y no volvió a aparecer.

De nuevo, se formó un breve silencio entre los presentes. Volaron algunas miradas de incredulidad y asombro.

—Os dije que era una historia rara —dijo la chica, intentando reducir la tensión en el ambiente.

En ese momento yo decidí sacar mi móvil del bolsillo.

—El hombre quería saber dónde vivías, estoy seguro —comentó alguien.

—Sí, pero ¿para qué? —comentó otra persona.

11

—¿No has vuelto a saber nada de él? ¿No le has visto merodear por la zona? —le preguntaron a la chica.

—¡No, en absoluto! Vamos a ver, esto ocurrió hace dos semanas, más o menos, y no, no le he vuelto a ver. No ha pasado nada raro desde entonces. Absolutamente nada. Y créeme, si veo a alguien como ese tipo otra vez le reconocería enseguida...

—Supongo que querría hacerte algo —dijo otra chica—. Fuiste lo bastante inteligente y prudente para mantener la distancia y salvarte. Pero supongo que lo que quería era... hacerte algo.

—¿Tú crees? —preguntó un chico que estaba a su lado.

—¿Qué crees que busca un hombre que va detrás de una mujer que va sola por la calle a esas horas de la noche? ¿Acaso no ves las noticias? —espetó la chica con agresividad.

—Pero, ¿y la indumentaria? ¿Lo del pañuelo? —insistió el chico.

—Pues para que no se le vea la cara. No es demasiado complicado. Si le hace algo a ella, luego ella no podría describir cómo era físicamente su asaltante — defendió la muchacha.

Entonces yo, que hasta ese momento había estado escuchando la conversación mientras miraba mi móvil, levanté la mirada y discrepé:

—No, no creo que la cosa vaya por ahí.

Todos lanzaron sus miradas hacia mí. Sonreí. Coloqué sobre la mesa mi móvil, boca arriba y con la pantalla encendida. Inmediatamente, todos a mi alrededor inclinaron sus cabezas sobre el dispositivo con cómica armonía.

—Es una cuenta de Twitter —dijo uno.

—Sí, la cuenta de la World United Lucifer Youth Foundation.

—¿Has buscado el nombre en internet? —me preguntó la protagonista de la historia.

—¿Soy el primero que lo ha hecho? —le respondí con cierto asombro.

—Es periodista. La curiosidad se apodera de él —comentó mi amigo, en referencia a mí.

—Solo quería arrojar un poco de luz sobre el asunto —dije.

—¿Puedo? —me preguntó mi amigo, señalando mi móvil.

—Adelante. Solo he encontrado eso. No hay más. Una cuenta de Twitter con diez tuits escritos hace más de dos meses.

—¿Os leo? —preguntó mi amigo, dirigiéndose al grupo.

Todos se inclinaron hacia delante para escuchar mejor. La intriga y el misterio inundaba sus rostros. Parecían los rostros de unos niños ante un espectáculo de magia.

—Hay una lista... Diez, nueve, ocho... Voy a empezar por el primero. Aquí abajo —Se aclaró la voz y lanzó una mirada a sus oyentes para comprobar que todos prestaban atención. Su duda no estaba justificada—. Uno, la WU LYF es un movimiento colectivo de acción individual —dijo, e hizo una breve pausa. Algún rostro empezó a contraerse—. Dos, la WU LYF encuentra su esencia en dos premisas: la no violencia y la ayuda desinteresada.

—¿La ayuda desinteresada? —preguntó una chica.

—Espera, deja que termine —soltó otro.

—Tres, la WU LYF es un movimiento anónimo, sin rostro ni nombre. Cuatro, la WU LYF es un movimiento que carece de palabras o discursos. Cinco, la WU LYF identifica y reconoce a sus miembros como aquellos que actúan conforme al completo de su esencia. Seis, la WU LYF tiene como seña de identidad la cazadora vaquera azul y el pañuelo blanco a modo de máscara. Siete, y último, la WU LYF es y será siempre más que la suma de sus partes.

Otra vez, el silencio se hizo entre todos nosotros. Tras ello, se inició una discusión bastante interesante, en la cual yo me mantuve callado todo el rato, escuchando atentamente.

—Entonces, ¿de qué va todo eso? —comenzó alguien.

—Es un movimiento social, ¿no?

—Sí, un movimiento social y a la vez individual,

—De acción individual —corrigió mi amigo volviendo a leer la información en la pantalla de mi móvil.

—¿Y eso qué significa? ¿Qué se supone que hacen?

—Parece que pretenden ayudar a la gente, ¿no?

—¿Ayudar?

—Sí, decía algo como que era un movimiento de ayuda desinteresada.

—¿Y qué clase de ayuda me han proporcionado a mí? —preguntó la muchacha de la historia.

—No lo sé.

—Quizás pensó que necesitabas algo.

—Lo que necesitaba es que se fuera y me dejará en paz. Y eso fue justo lo que no hizo —espetó la muchacha.

—¿Y dices que él no dijo nada más que eso de "cuenta la historia, no llames a la policía, no te haré daño…"?

—Nada más.

—Pues la historia la estás contando… En eso le has hecho caso al chico.

—Sí, ¿pero la historia de qué? ¿La historia de un tío vestido de forma rara que siguió a una chica a solas por la noche? Menuda historia para contar...

—Supongo que todo eso de la World United…, como se llame, es solo un movimiento de un par de críos con aires de grandeza.

—Un par de niñatos que se aburren.

—Sí, sin duda alguna.

—¿Y cuál es su objetivo? ¿Seguir a gente por la noche?

—Querrán cambiar el mundo —dijo alguien con sarcasmo.

—Pues no lo tienen complicado ni nada.

—Se tratará, sin duda, de un par de jóvenes aburridos y frustrados que no saben qué hacer con sus vidas —criticó alguien—. ¡Cambiar el mundo! ¡Tonterías! Todos quieren hacerlo, pero al final nadie hace nada. O todo lo que hacen termina no sirviendo para nada.

—De todos modos, si es eso lo que pretenden, me parece algo bonito, muy romántico, muy bohemio —defendió una chica.

—Oh, ¿estás diciendo que es bonito que sigan a gente por la noche?

La muchacha lanzó una mirada de desprecio.

—Sabes que no me refiero a eso. Lo que digo es que lo que ellos dicen que son, en los tuits, bueno... no parece algo malo.

—Ya, pero con un par de tuits no cambias el mundo —le contestó alguien.

—Tampoco lo haces sentado en el sofá de tu casa.

—Lo sé, pero de la manera en que lo hacen ellos, siguiendo a chicas que van solas por la noche, no lo van a conseguir.

—El mundo no se puede cambiar —soltó otra voz.

—Sí que se puede, pero el asunto requiere de cierta organización y disciplina.

—No, eso no lo creo. Da igual lo que hagas, aunque estés muy organizado o seas un lobo solitario, si te encuentras de cara a la ley, ya no hay nada que hacer.

—¿A qué te refieres?

—A que el mundo solo se puede cambiar modificando las leyes que lo regulan. Y cambiar las leyes es algo demasiado complicado. Solo las personas en el poder pueden hacerlo. Y esos nunca querrán hacerlo porque precisamente son esas leyes las que les garantizan el poder y sus privilegios.

—Eres un escéptico.

—Prefiero que me consideres un realista.

—Pues entonces habrá que hacerse con el poder, y cambiar la ley desde ahí, para que sea más justa con todos, para hacer un mundo mejor.

—Ya, eso quieren todos, pero cuando obtienen el poder, nadie lo hace. Es como si los consumiera, como un veneno o una maldición, ¿no crees?

—Pues yo sí creo que puedes cambiar el mundo con pequeños actos —afirmó otra muchacha.

15

—Pues morirás en el intento —dijo el escéptico que quería que lo consideraran realista.

La muchacha lo ignoró.

—Había una frase... no recuerdo de quien era. *"Sé el cambio que quieres ver en el mundo"*. Lo consigas o no, quizás ayudes a mejorar la vida de ciertas personas.

—Eso suena demasiado *hippie* para mi gusto. El mundo no se entera de tus pequeños cambios. El mundo sigue ahí fuera, siendo manejando por los mismos hombres y mujeres codiciosos de traje y corbata. El mundo sigue rodando, pisoteando todo lo que encuentra, implacable, imparable. No hay nada que hacer.

—Excepto, quizás, quitarles el poder a esas personas.

—Eso suena a revolución.

—Quizás es lo que se necesita.

—Ya ha habido muchas revoluciones y muchos revolucionarios. Todos han prometido el paraíso y, al final, todos han dejado tantos problemas como soluciones prometieron.

—Tal y como hablas parece que el mundo no tiene solución. Además de escéptico suenas pesimista.

—Quizás lo sea, pero así lo creo. El mundo siempre seguirá cambiando, de una manera u otra, y dejará a unos contentos y a otros infelices. La solución perfecta no existe.

Llegados a este punto, me vi tentado a intervenir.

—De todos modos, y sin pretender quitar valor a todas las interesantes impresiones que habéis compartido, estos muchachos de la World United Lucifer Youth Foundation no dicen en ningún momento que pretendan cambiar el mundo.

—Bueno, me alegro por ellos. Es mejor que no pongan el listón muy alto.

—A mí tanto me da. Lo único que quiero es que ninguno de esos de la World United me sigan por la calle ninguna otra noche más —sentenció la muchacha que nos había introducido la historia de la World United Lucifer Youth Foundation.

16

2

LA FUNDACIÓN

¿Cómo era el mundo que pretendían construir los jóvenes de la World United Lucifer Youth Foundation? No lo sé. Sí sé cómo fue el mundo que con sus acciones lograron crear poco a poco.

Desde que escuché por primera vez la historia de los WU LYF en casa de mi amigo, pasó aproximadamente un mes, calculo, hasta que volví a oír hablar de ellos.

Ocurrió una mañana en las oficinas del periódico para el que trabajaba. No es sorprendente que fuera allí donde volví a recibir una noticia sobre ellos, pero sí fue inesperada la forma en que lo hizo. Un compañero de trabajo me asaltó en el cuarto del café, hablándome de las trivialidades del día a día. ¿Viste el partido de anoche?

¿Has escuchado la última del vicepresidente? Fue entonces, cuando me encontraba ya dispuesto a volver frente mi ordenador, que me invitó a escuchar una peculiar historia que le había pasado a su padre.

—El otro día, sí, la semana pasada. ¡Qué momento más extraño! —empezó diciendo—. El caso es que mi padre había bajado a hacer la compra, como todos los martes. A él le gusta pasear, darse una vueltecita por el barrio, ya sabes, tiene su rutina. Es bueno que se mueva, y más a su edad —yo asentía ligeramente—. El caso es que tardó más de lo normal en llegar a casa. Cabe decir que él suele ser bastante puntual. Mi mujer ya estaba preocupada, y hasta se planteó llamar a la policía.

Pero no fue necesario. El hombre, al final, se presentó una hora más tarde, ¿sabes cómo? ¡Acompañado de dos jóvenes! De un chico y una chica. ¿Puedes creerlo?

Admito que en ese momento la historia empezó a llamarme la atención.

—¡Hizo dos amigos! ¡Maldito pirata! —continuó—. Pero eso no es lo más extraordinario. Lo llamativo fue las pintas que tenían esos chavales. Mi mujer no olvida la imagen. Debía de tratarse de la indumentaria de una banda de *rock* o una secta, no lo sé. Ambos vestían unas cazadoras azules y llevaban unas máscaras blancas que les cubrían media cara. ¿No te parece increíble? ¡Menuda parafernalia! —expresó, entre risas.

Si estaba a punto de irme, cambié de idea por completo. Giré levemente mi cuerpo y le agarré del brazo, quizás con un exceso de interés por mi parte. A él no pareció molestarle.

—Sígueme contando. ¿Qué pasó con esos chicos? ¿Qué hacían allí?

—Pues verás. Resulta que a mi padre al salir del supermercado le dio un tirón en el brazo. Le dolía bastante, no lo podía mover. Y estos jóvenes… No sé, debían de estar por allí cerca. El caso es que lo vieron y se acercaron a ayudarle. Lo acompañaron hasta casa, llevando las dos bolsas del supermercado por él. ¿Te lo puedes creer? ¡Todavía hay gente desinteresada en el mundo!

—¡Vaya! —exclamé, imaginándome la escena de los dos jóvenes de cazadora azul y máscara blanca ayudando al anciano padre de mi compañero—. Sí, desde luego.

—Mi mujer estaba ojiplática cuando abrió la puerta. Los jóvenes le entregaron las bolsas y, ¿sabes lo que le dijeron? Esta es la mejor parte.

—¿Somos la World United? —respondí, sin poder contenerme.

El rostro de mi compañero se transformó al completo.

—¡Sí! ¡Exacto! ¿Qué sabes tú de ello? —me preguntó con teatral sospecha—. Dijeron algo como: *"¡Cuenta la historia!*

18

Recuerda a los chicos y chicas de la World United". O algo así. No lo recuerdo exactamente. Intenté recordar el nombre del grupo en mi mente, pero tampoco lo conseguí.

—¿No es alucinante? Pero oye, no me has contestado, ¿qué sabes tú de eso? —inquirió mi compañero.

—Nada. Muy poco. Escuché una historia similar en casa de un amigo. Una chica que había tenido un encontronazo con un muchacho que vestía de la misma forma: cazadora azul y máscara blanca.

—Sí, bueno, no era una máscara. Era como un pañuelo, creo. Muy grande.

—Sí, sí. En efecto, un pañuelo —afirmé.

—¿De qué va todo eso?

—Hay una cuenta de Twitter. Debes echar un vistazo —le animé—. Pero, ¿y esos chicos? ¿Dijeron algo más? ¿Hicieron algo más?

—No, no. Nada más. Al menos eso me dijo mi mujer. Soltaron esa frasecita y se fueron.

—Y a tu padre, ¿le dijeron algo?

—Oh no, tampoco. Le preguntamos cómo había sido la situación y solo nos contó que cuando le dio el latigazo en el brazo soltó las bolsas inmediatamente. Intentó recogerlas, pero no pudo. Pasó un rato descansando en la acera y, entonces, se le acercaron estos chicos que, sin decir apenas palabra, le ayudaron cogiendo las bolsas.

—Es asombroso —dije.

—Sí, lo es. Mi padre dijo que fue raro, incluso. Los chicos recogieron las bolsas y se quedaron mirando para él. Él les hablaba, pero ellos no respondían. Solo le dijeron que le iban a ayudar. Pobre, él es muy buen hombre, no quería molestarles. Les decía que no era necesario que le acompañaran hasta casa, pero ellos no cambiaron de parecer. Ya ves, lo acompañaron hasta la misma puerta de casa. Un par de buenos chicos.

—Sí, ya lo creo.

La historia de los WU LYF cada vez me cautivaba más. Ya lo había hecho cuando la escuché por primera vez, pero todo había quedado como un bonito cuento de fantasía, como una anécdota puntual que sobresalta y endulza el momento, pero que, inevitablemente, termina perdiéndose en la ordinariez del día a día. Sin embargo, ahora había vuelto a mí, y parecía que las peripecias de esos muchachos de cazadoras azules y pañuelos blancos no iban a quedar como una simple anécdota para contar en las reuniones de amigos.

Me despedí de mi compañero y volví frente a mi ordenador. Intenté recordar el nombre completo del grupo, pero fracasé por segunda vez.

Decidí acudir a Twitter, confiando en que el historial de búsqueda me ayudara, aunque no hizo falta. En cuanto tecleé las dos palabras que recordaba, inmediatamente la web me entregó los resultados que buscaba.

La World United Lucifer Youth Foundation. ¿De qué demonios iba todo eso?

El Twitter del grupo no había cambiado nada en absoluto. Allí seguían los mismos diez tuits que habían sido publicados hacía ya más de tres meses.

Entonces decidí buscar de nuevo en Google, como lo había hecho aquella noche en casa de mi amigo. En esta ocasión, la búsqueda arrojó más resultados.

Todo lo que encontré fueron enlaces a cuentas de Twitter de particulares o foros de internet, y allí, tanto en unos como en otros, en su mayoría destacaba un mismo tipo de contenido: testimonios de diferentes personas de los encuentros que estos habían tenido con los miembros de la WU LYF.

Aquellos foros y cuentas resultaron ser una inmensa fuente de información acerca de lo que los chicos y las chicas de la WU LYF se dedicaban a hacer.

Una mujer en Twitter se quejaba de que dos personas vestidas con cazadoras azules y pañuelos blancos la habían estado siguiendo la noche anterior cuando volvía de fiesta. En res-

20

puesta a este testimonio, algunos usuarios la animaban a que pusiera una denuncia. Otra mujer relataba que había visto a unos cuantos muchachos de cazadoras azules y máscaras blancas limpiando los restos de botellas, vasos de plástico y basura varia que habían dejado los asistentes a un concierto al aire libre.

En un foro leí una historia interesante: un muchacho de trece años contaba que todos los días, al salir del instituto, se encontraba con un grupo de cinco o seis jóvenes vestidos con cazadoras azules y pañuelos blancos que, casualidad o no, siempre recorrían con él, unas veces de cerca y unas veces más alejados, el mismo camino que él hacía para llegar a su casa. Tras unos días, él pensó que lo estaban siguiendo, aunque esta idea no le preocupó mucho, pues los jóvenes nunca hicieron o le dijeron nada para molestarle. Si tenían alguna mala intención para con él, estos nunca la llevaron a cabo. Sin embargo, un día por fin se revelaron sus verdaderas intenciones. En su camino diario de regreso a casa, cuando pasaba por una calle poco transitada, un matón se dispuso a atracarle. Se acercó hasta él, de forma intimidante y le pidió todo lo que llevara encima. Poniendo en evidencia la poca inteligencia del malhechor, el muchacho le contestó que apenas tenía nada en su cartera. El atracador no tuvo tiempo de responder. A la espalda del muchacho apareció un grupo de figuras. Eran los jóvenes de cazadoras azules y pañuelos blancos.

—¿Qué miráis? ¡Largaos de aquí! —les gritó el matón—. Pero los muchachos no se movieron. Ni siquiera se inmutaron. Solo permanecieron en silencio, mirándole fijamente.

El matón, ante la silenciosa y enigmática presencia de los jóvenes y el hecho de que estos le superaban en número, decidió alejarse de la escena, no sin antes escupir al suelo y exclamar cuán loca estaba la gente hoy en día.

Los jóvenes de las cazadoras azules y pañuelos blancos se dirigieron al muchacho y le transmitieron la misma consigna:

21

"Cuenta la historia. Recuerda a los chicos y chicas de la World United Lucifer Youth Foundation".

El muchacho, por último, describía cómo de agradecido estaba a esos jóvenes y la WU LYF. También contaba que los jóvenes todavía lo seguían a su casa cada día, pero que, por supuesto, ahora estaba convencido de que ellos no tenían ninguna intención de hacerle daño.

Solté una risa de incredulidad y asombro. Dejé caer mi peso sobre el respaldo de la silla y me llevé las manos a la cabeza.

Mujeres y hombres seguidos por la calle a altas horas de la noche, ancianos siendo ayudados a transportar sus bolsas, niños salvados de alguna gamberrada... ¿De qué iba todo eso? Ahora ya no podía dejar de preguntarme: ¿quiénes eran los WU LYF?

Pasé el resto de la mañana pensando en ellos mientras me ocupaba de mis otros asuntos. Después de comer había tomado ya una decisión: quería y debía investigar más sobre ellos.

Llamé a la puerta de mi redactor jefe y le propuse el reportaje, contándole todo lo que sabía acerca del grupo. Me escuchó con respeto, pero también con cierta dosis de suspicacia, que se acrecentaba a medida que mi historia avanzaba.

—¿No crees —me preguntó cuando terminé de hablar— que a fin de cuentas todo eso sea un juego de niños?

—¿Un juego organizado ya a lo largo de varias ciudades?

—Ya sabes cómo son las modas. Hoy en día a través de internet todo se mueve al instante.

—Parece algo más serio que eso.

—Parece un nuevo reto viral o algo así. Hoy es esto, mañana será garabatear poemas en los puentes. ¿No crees?

—Es posible —dije, mientras asumía el inminente rechazo.

—Mira, estamos hasta arriba. No me parece una mala historia, de verdad, pero de momento no llega a mera mención a pie de página. Solo hay testimonios aislados en la red. Poco más —justificó—. Espera un tiempo y volvamos a planteárnoslo si la historia llega a algo más, ¿entendido?

No estaba decepcionado. Consideré que la razón que me movía a indagar en el asunto se debía más a mi propia curiosidad natural y mi afán por los misterios que al asunto en sí. Quizás ese fue el gran error de mi vida. Debería haberme hecho detective, no periodista. Últimamente a lo único que me dedicaba, por encargo de los superiores, era a buscar y airear los trapos sucios del político de turno y a tapar y blanquear los de su homólogo en el partido rival.

Acepté el rechazo y me sumí de nuevo en mis aburridos proyectos, deseando que pronto apareciera un motivo para poder investigar y escribir sobre los muchachos de cazadoras azules y pañuelos blancos.

Por suerte, no tuve que esperar mucho. Apenas tres semanas después, los muchachos de la World United Lucifer Youth Foundation volvieron a actuar y, esta vez, provocaron un revuelo mucho mayor. Tal fue la magnitud del asunto que hizo que esta vez los papeles entre mi jefe y yo se invirtieran.

Al final de un día agotador, él me alcanzó justo cuando iba a entrar al ascensor y marcharme a casa.

—Tienes vía libre —me anunció mientras tecleaba algo en su móvil—. Quiero todo lo que puedas encontrar.

—¿Acerca de qué? —pregunté con total y sincero desconocimiento.

—¡De los WU LYF! O como se llamen —sentenció mientras le daba la vuelta a su móvil y me mostraba un vídeo en la pantalla—. Ahora ya están aquí, en boca de todos.

23

3

EL PUNTO DE INFLEXIÓN

A través de la pequeña pantalla se veía una estrecha calle lateral desde lo alto. El vídeo, probablemente, estaba grabado desde una ventana o un balcón. Allí abajo se producía un revuelo. ¿Qué estaba pasando? Era difícil decir con exactitud. Alguien se movía con brusquedad. La imagen se amplió. Una mujer, rodeada por un grupo de otras cuatro personas, movía los brazos con violencia. Estaba golpeando a alguien. La imagen volvió a ampliarse. Era una pelea. Alguien estaba en el suelo, recibiendo los duros golpes. Era otra mujer.

—¿Qué demonios está haciendo? —no pude evitar preguntar, mientras me llevaba una mano a la frente.

La agresora había agarrado a su víctima por la cabeza e intentaba golpearla contra el suelo. La víctima, naturalmente, se resistía como podía intentando entorpecer los violentos movimientos que se cernían sobre ella.

Miré a mi redactor jefe. Su rostro reflejaba una frialdad y una seriedad absoluta.

—Espera —me soltó, como si estuviera leyendo mi pensamiento.

La agresora había conseguido colocarse encima de la otra muchacha, que yacía en el suelo. Parecía estar dejando caer todo su peso sobre la espalda de su víctima. El alboroto se hacía cada vez mayor a su alrededor, pero nadie intervenía. Con la situación controlada, la agresora repetidamente alzaba su brazo y golpeaba con fuerza la cabeza de la otra, quien lloraba y se desgañitaba a gritos desde el suelo.

Luego, la imagen se movió como un relámpago. Ahora era confusa y borrosa. Algo se movía a mucha velocidad. Era una mancha azul. Una cazadora azul. El vídeo volvió a centrarse en la pelea. La atención de la agresora se había desviado hacia aquel objeto que, según parecía, se dirigía hacia allí. La imagen no era muy nítida, pero su cuerpo pareció expresar duda y confusión.

La persona de la cazadora azul alcanzó la escena y, sin detenerse un segundo, agarró a la mujer por debajo de sus hombros y la separó con rapidez de la muchacha que se retorcía de dolor tumbada en el suelo. La multitud observaba. La persona de la cazadora azul soltó a la mujer y se interpuso entre esta y la víctima.

La imagen se amplió levemente y mostró un grupo de media docena de personas vestidas todas con cazadoras azules y pañuelos blancos rodeando a la chica en el suelo. Dos de ellos se agacharon a atenderla. Los demás se encaraban con el grupo de personas que había presenciado la pelea y que no había hecho nada para detenerla, quienes más bien habían actuado como cómplices de la misma. Los muchachos de las cazadoras azules alzaban los brazos reclamándoles que se fueran de allí.

Ante esta situación, la agresora echó a correr. Un par de personas echaron a correr con ella.

La imagen se apagó. El vídeo había terminado.

—La noticia ya está ahí —dijo mi jefe, retirando el móvil—. Tienes setenta y dos horas para un reportaje completo. Según tengo entendido, la muchacha está en el hospital. Tiene algunas heridas graves, pero está estable y se recuperará. Encuéntrala. Consigue su testimonio. Si conoces a alguien más que se haya encontrado con ellos también me vale. Recopila todos los testimonios que puedas y, por encima de todo, encuentra a uno de esos muchachos y que hable. Quiero saber quiénes son, qué hacen, por qué hacen lo que hacen... Todo.

El público espera —sentenció con una extraña sonrisa en su rostro.

Le di las gracias y le informé de que me pondría a ello inmediatamente. Entré en el ascensor y salí de la oficina disimulando mi entusiasmo.

Compré algo de cenar y, al llegar a mi apartamento, me senté al ordenador a recopilar con meticulosidad y en detalle los testimonios más interesantes que ofrecía internet. Además de recuperar algunos que había leído en mi búsqueda de hace unas semanas, encontré otros nuevos.

Estuve trabajando durante horas. Obtuve unos cincuenta testimonios distintos. Luego, los resumí hasta dar forma con ellos al reportaje que presentaría en la redacción.

La World United Lucifer Youth Foundation era una organización de jóvenes que vestían pañuelos blancos y cazadoras azules como muestra de identidad. Se dedicaban a deambular a lo largo y ancho de las ciudades, apostados en cualquier esquina, con el fin único de encontrar a alguien que necesitara ayuda. Luego, estos se la ofrecían de forma desinteresada. Todos los testimonios coincidían en eso: los chicos y chicas no pedían nada a cambio. Tan solo recitaban, de una manera u otra, su breve discurso: *"Cuenta la historia. Recuerda a los jóvenes de la World United Lucifer Youth Foundation"*.

Por supuesto, no todas las historias eran parecidas y algunas variaban considerablemente en sus detalles esenciales. Como le ocurrió a la chica que contó la historia en casa de mi amigo, para muchas otras personas sus encuentros con los miembros de la WULYF habían resultado desagradables y, aunque estos no hubieran ocasionado daño a nadie, los calificaban como "acosadores", "locos" o "agresores" debido a su tendencia a seguir a la gente.

Se entendía que esto lo hacían con el fin de estar presentes en caso de que la persona que era seguida necesitara ayuda o se encontrara en peligro. Así se podrían evitar conflictos como los del muchacho al que siguieron al salir de clase o, al menos,

27

intervenir a tiempo como en la agresión del vídeo que los hizo famosos. Aun con todo, sin duda alguna, sus técnicas podían resultar ser molestas y un tanto violentas.

La historia de los WU LYF era sorprendente, novedosa y rompedora. A pesar de sus torpezas, no tenía ninguna duda de que, en principio, iban a caer de pie sobre la opinión popular.

Estaba contento, casi eufórico, y expectante por entregar el reportaje y ver la acogida que tenía. Miré la hora. Pasaban tres horas de la medianoche. Aunque estaba agotado de mirar el ordenador, sentía mi mente completamente despierta y agitada. Quería saber más y quería conocer a los jóvenes que se habían propuesto cambiar el mundo de una manera tan particular.

Entonces se me ocurrió una idea.

La medité por un breve instante. El tiempo suficiente para animarme a llevarla a cabo y no replanteármela.

Cogí el abrigo y salí de casa. Estaba dispuesto a encontrarme con alguno de esos jóvenes de cazadora azul y pañuelo blanco.

Deambulé durante horas por las calles de la zona de entretenimiento nocturno de la ciudad, puesto que muchos de los testimonios de los encuentros con los miembros de la WU LYF tenían ese tipo de lugares en común. Personas que, de noche, acababan de salir de algún bar o evento y volvían solas a casa.

Finalmente, como en cualquier aventura épica, justo después de casi darme por vencido, mi búsqueda dio resultado.

Me encontraba en una calle muy bien iluminada que acumulaba dos o tres bares en pocos metros y una multitud se congregaba fuera de los mismos, riendo, gritando y fumando. Allí, apartado del alboroto, en el lado opuesto de la calle, vi a un joven de cazadora azul y pañuelo blanco que observaba con cierta indiferencia a la multitud.

28

Me acerqué a él con una prudencia injustificada, como si yo fuera un cazador y él una presa huidiza. Cuando estaba a unos pocos metros de él, me echó una mirada de sospecha. Me presente, le conté por qué estaba allí y le pregunté si contestaría unas preguntas para mí.

El muchacho ni se inmutó. Me miró durante unos instantes. Sus ojos, si antes emanaron desconfianza, ahora irradiaban un brillo imposible de interpretar. Su rostro estaba cubierto hasta la mitad por el pañuelo blanco y eso hacía difícil percibir sus expresiones e imposible descifrarlas.

Giró su cabeza con indiferencia y volvió a posar su mirada sobre la escandalosa multitud.

Le insistí. No hubo ninguna respuesta por su parte.

Formulé algunas preguntas, esperando que alguna picara con suficiente profundidad su curiosidad, pero no tuve éxito. Al menos, ninguna obtuvo la contestación acorde que esperaba:

—¡Somos la Lucifer Youth Foundation, hombre! —me gritó—. ¿Es que no lo entiendes? ¡Silenciosa! No tenemos voz, no tenemos ningún discurso que dar. ¡Piérdete! —dijo mientras hacía un gesto de rechazo con su mano.

Eso fue lo único que saqué de él, justo antes de que se escabullera y se alejará de mí.

Abrí mi libreta y apunté sus palabras.

No me pareció apropiado seguirle e insistir, así que decidí abandonar mi búsqueda y regresar a mi apartamento.

Durante el camino, luego en mi casa, cepillándome los dientes y clavando mi vista en el techo sobre mi cama. En ningún momento dejé de dar vueltas al encuentro con el muchacho y, en especial, a la historia de su grupo.

A la mañana siguiente me dirigí hacia la estación de tren y tomé uno que salía de la ciudad. Viajaba a unos cuantos kilómetros al norte, a visitar, en el hospital, a la víctima de la agresión del video. Durante el trayecto, de más de un par de horas, tuve tiempo suficiente para revisar con detenimiento mis notas y preparar algunas preguntas.

Llegué al hospital al mediodía, di en recepción los datos que me había facilitado mi redactor jefe la tarde antes y me presenté ante la habitación de la mujer.

Una enfermera me detuvo con autoridad en la puerta.

—¿Qué tal? Seré yo quien le consulte a ella si desea o no conceder la entrevista —me comentó, en un tono cortante y una ligera mirada de rechazo.

La enfermera entró a informar de mi presencia.

Tardó dos o tres minutos en salir.

—Todo bien. Por favor, no esté mucho rato con ella.

Le di las gracias y me dispuse a entrar. En ese instante me di cuenta de algo y me giré de nuevo hacia la enfermera.

—¿Está bien? ¿Tiene heridas graves?

La enfermera se volvió, me miró con cierta frialdad y, tras una breve pausa, me contestó:

—Ha perdido por completo la visión en el ojo izquierdo.

No pude contestar. La enfermera no esperó que lo hiciera y desapareció.

Tardé un momento en abrir la puerta y entrar en la habitación.

Me presenté respetuosa y amablemente y le comenté brevemente mi propósito allí. En todo momento ella pareció sentirse cómoda con la entrevista y con el hecho de hablar de lo sucedido, por lo que la tarea fue sencilla y fluida.

Primero hablamos sobre ella y me contó la historia personal detrás de la pelea. Luego, llegamos al punto sobre el cual yo tenía concentrado todo mi interés: el momento en el que aparecieron los muchachos de las cazadoras azules y los pañuelos blancos.

Ella hablaba con una voz débil y monótona:

—Si te soy sincera, no vi a quien quitó a la chica de encima de mí. En ese momento, no podía pensar. Era como si no estuviera en el mundo, ¿sabes? Solo sentía dolor. Todo era

30

dolor. Luego noté que el peso que me asfixiaba se aliviaba y desaparecía. Había gritos. Muchos gritos. Y yo solo intentaba recomponerme —se pausó un momento—. Luego sí vi a los dos jóvenes que me ayudaron. Te lo vuelvo a decir, era como si no estuviera en el mundo. Como si todo se rompiera. Porque cuando los vi, mirándome, hablándome, con esos rostros enmascarados, tuve la sensación de que eso no era real, ¿sabes? El dolor. Esa gente así vestida. Nada parecía real —su voz se quebró, compungida.

Un par de lágrimas brotaron de uno de sus ojos. El otro estaba cubierto por un vendaje húmedo y enrojecido.

—Reconozco que llevan una vestimenta curiosa —dije, intentando suavizar el tema.

—Sí, es cierto. Pero me ayudaron. ¿Quién es esa gente?

—Es lo que trato de averiguar, por eso estoy aquí. ¿Recuerdas algo que te dijeran?

—No... Nada que me llamara la atención. Se estaban ocupando de mí, me estaban atendiendo. ¿Estás bien? Te vamos a ayudar, la ambulancia ya está de camino. Ya sabes, esas cosas. Es lo que recuerdo —su único ojo visible se agitaba recorriendo su memoria. Supongo que son personas normales, como tú y como yo.

—Sí, sin ninguna duda.

Hubo un momento de silencio.

—Entonces —volví a insistir—, ¿no te dijeron nada especial?

—Lo siento. Si lo hicieron no lo recuerdo. Nada de lo que dijeron me resultó llamativo.

—¿Escuchaste que alguno decía algo así como: los jóvenes de la World United Lucifer Youth Foundation?

—Es así como se llaman, ¿verdad? Una enfermera me lo comentó esta mañana —su rostro se revolvió en la almohada—. No, de verdad. No escuché nada de eso —hizo una pausa—. Lo siento, no soy una buena testigo.

31

—¡Oh, descuida! No te preocupes —le dije, intentando quitarle importancia y disimular mi decepción—. No debes preocuparte por ello. Es mi obligación preguntar por si acaso —dije con una sonrisa amable. Bajé la mirada y ojeé mis notas—. Bien, ahora, en retrospectiva, echando la vista atrás, ¿qué piensas acerca de lo que hicieron? ¿Qué sientes respecto a ello?

Su rostro herido se revolvió lentamente en un gesto de perplejidad.

—¿Que qué pienso de la gente que me salvó? ¿Tú que crees? Para mí son héroes. ¿Qué te voy a decir? Me quitaron a esa loca de encima. Quizás me hubiera matado si no llega a ser porque estaban por allí cerca y tuvieron el valor de detener la pelea —tomó aliento y se revolvió con cierta dificultad—. Tengo mucho agradecimiento para ellos, como te lo podrás imaginar. No sé qué clase de organización son, cómo demonios trabajan, pero... me alegro que estuvieran allí, por supuesto. Les doy las gracias desde aquí. Cuando publiques todo esto, deja eso escrito, por favor. Lo mucho que les agradezco que me salvaran la vida.

Hasta ese momento, no le había contado nada de lo que yo sabía acerca de la WU LYF. La entrevista que tenía prevista estaba terminada, pero mi curiosidad me incitó a ir un poco más allá. Le pregunté si quería continuar unos minutos más y aceptó de buena gana. Le informé acerca de todo lo que hasta ahora sabía que había detrás de los muchachos de cazadoras azules. Su sorpresa se incrementaba a medida que yo hablaba.

—Me gustan. Me caen bien —dijo cuando terminé de hablar—. Son como héroes, ¿no te lo he dicho?

—¿Y te parece bien que haya gente que vaya por la calle dispuesta a hacer esas cosas? —la pregunta era obligatoria. Sabía qué tipo de respuesta me daría.

Su rostro, en sus posibilidades, volvió a mostrar cierta incredulidad.

—Por mí que les paguen por andar por ahí. Es lo que se necesita en el mundo. Más gente dispuesta a ayudar a los demás.

—¿Por qué crees que lo hacen? ¿No te parece realmente sorprendente? —pregunté, más como persona que como profesional.

—Me sorprende, sí. No piden nada a cambio. ¿Es gente que se aburre? Buscarán fama o algo. Pero como tú me has dicho... no están organizados, es decir, cada persona o grupo actúa de forma independiente, ¿no? — asentí con la cabeza—. Entonces no lo sé. Es cierto que resulta un poco increíble. ¿Quizás sea un nuevo movimiento político? O quizás tengan un negocio pensado para cuando sean más conocidos. Vete tú a saber. No es lo común que la gente ayude a los demás sin esperar nada a cambio. Pero por lo que han hecho hasta ahora, por mí que sigan así todo el tiempo que quieran.

Me sonrió. La noté cansada y decidí que era el momento de irse.

—¿Te gustan las cazadoras azules y los pañuelos blancos? —pregunté mientras me levantaba y empezaba a recoger mis cosas.

Su ojo me siguió y esbozo una ligera sonrisa.

—Mucho. Una de las primeras cosas que haré cuando salga de aquí será comprarme una cazadora azul bien bonita.

Le di las gracias y le deseé una pronta recuperación. Salí del hospital y me dirigí hasta la estación de tren para regresar a casa. Durante el viaje no dejé de pensar un solo momento en todo el asunto. Especialmente, divagaba en torno a lo que depararía el futuro a partir de esos días, ahora que la World United Lucifer Youth Foundation era conocida, ahora que el reportaje iba a ser publicado, ahora que el grupo se haría famoso y todo el mundo tendría una opinión de ellos.

4

EL AUGE

Mis previsiones acerca de lo que pasaría a corto plazo fueron acertadas.

El reportaje que llevé a cabo y que lanzó nuestro periódico fue el primero que habló en profundidad acerca de los WU LYF, yendo más allá del incidente que los hizo famosos. A partir de ese momento, el fenómeno disfrutó de una acogida muy positiva entre el público.

Olas de halagos, buenas palabras y positivas reflexiones en torno a la obra de la Fundación se sucedieron a lo largo de las semanas. Mucha gente afirmaba sentirse más segura sabiendo que en cualquier momento uno de estos jóvenes podía aparecer para sacarlos de un apuro. Otros resaltaban la actitud desinteresada y altruista del movimiento. No es excesivo afirmar que desde ciertas partes de la población los WU LYF eran vistos como una especie de superhéroes.

La opinión experta estaba algo más dividida: si bien algunos presumían del éxito como sociedad que suponía el hecho de que los jóvenes tuvieran iniciativas como esa; otros exponían el peligro que conllevaba, remarcando que el papel que jugaban esos jóvenes estaba reservado a la policía y cuerpos de seguridad.

A continuación, rescato dos citas textuales, cada una en representación de las distintas opiniones expertas. Esta es la primera, la cual firmaba un reputado abogado: *"En mis círculos cercanos he oído que se trata a estos muchachos como justicieros, pero no estoy de acuerdo con esta visión. De todo lo que he oído de ellos, no hay nada que me lleve a pensar esto. No actúan contra nadie. Solo ayudan y cuidan al ciudadano. La labor de estos jóvenes nada tiene que ver con la justicia. Esta interviene cuando hay una falta, cuando ha habido un déficit. Estos muchachos solo añaden un valor a la sociedad. Aportan algo, no pretenden reparar nada. Es un añadido. Una muestra de madurez de una sociedad avanzada que ha entendido la importancia y la necesidad de respetar y cuidar al prójimo".*

Por la vertiente opuesta, encontré este comentario del último artículo de opinión que he leído sobre el tema: *"Nadie parece entender lo extremadamente peligroso que puede resultar, como una bomba de relojería en nuestras manos, tener sueltos por las calles a una panda de justicieros con aires de grandeza. ¿Qué ocurrirá cuando comentan un error? Cuando juzguen como víctima a quien no lo es. O peor aún, cuando juzguen como agresor a quien es víctima. Nadie parece entender el peligro de darle la antorcha y la soga a la masa enfurecida".*

Generando distintas reacciones a su paso, la historia se expandió y trajo consigo fama y, en general, una gran aceptación, la cual animó a que más y más jóvenes se enfundaran la indumentaria de la Fundación y salieran a la calle. Su presencia aumentó considerablemente en las distintas ciudades del país, incluso fuera de él. Hoy en día, la foto más representativa y emblemática de la WU LYF es la de varios de sus miembros en la azotea de un piso en Brooklyn. Llegó un momento en el que era difícil hacer un trayecto a pie de más de tres o cuatro manzanas y no cruzarse con uno de ellos.

Era común encontrárselos apelotonados en pequeños grupos, pasando el rato en una esquina, sumidos en una nube de misterio, esperando a que alguien necesitara ayuda de cualquier tipo. También comenzaba a ser normal verlos acompañando a personas que se encontraban solas, ya sean niños que por una circunstancia u otra debían hacer algún trayecto sin compañía o bien a personas mayores que carecían de la misma por circunstancias naturales de la vida.

Varias fueron las ocasiones que encontré a distintos miembros de los WU LYF sentados en un parque pasando el rato con ancianos solitarios. Si hasta aquel momento creía que los miembros de la Fundación llevaban a cabo su labor sin pronunciar nunca una sola palabra, aparte de su conocida perorata, aquellas situaciones me demostraron lo contrario. Cuando le pregunté a uno de estos ancianos por la conversación que había mantenido con una chica de los WU LYF, él me contestó lo siguiente:

—Simplemente estuvimos hablando de la vida. Yo le conté cosas de la mía, ella de la suya. Nada destacable. Solo una conversación entre dos personas normales —dijo quitándole la importancia que yo había puesto sobre el asunto.

Por mi parte, acudí como invitado varias veces a la radio e incluso a la televisión para comentar mi reportaje y hablar de las hazañas del grupo. En estas intervenciones compartía mi propia experiencia personal, la primera vez que había escuchado hablar de ellos y cómo poco a poco fui adentrándome más en su mundo. Primero, con la cuenta de Twitter original, única fuente de información de la que disponíamos acerca de qué era y en qué consistía la Fundación. Luego, con los muchos testimonios que los tenían como protagonistas, los cuales muchos de ellos pude ir contrastando con el tiempo.

En todas estas entrevistas y colaboraciones siempre habían querido saber mi opinión respecto al grupo. A pesar de mi simpatía y mi conexión emocional con el grupo, en todas y cada una de las ocasiones decidí reservármela para mí mismo. Por un lado, porque mi opinión era algo que construía y evolucionaba día tras día, en mi intimidad, y no sentía que fuera relevante que el público la conociera. Por otro, porque me vi influenciado por la filosofía de los WU LYF en lo relativo a su deseo de no tener discurso.

Al cabo de los meses, llegó un momento en que yo mismo pude disfrutar de la experiencia de ser asistido por uno de los WU LYF.

La escena fue rápida y extraña. Yo me encontraba en un aparcamiento público, intentando pagar el ticket en una de las máquinas de cobro. Por caprichos del destino, mi tarjeta de crédito dejó de funcionar momentos antes de realizar el pago y solo me quedó la opción de hacerlo en efectivo. El problema se presentó cuando miré mi billetera y vi que me faltaba una cantidad considerable para llegar al precio final.

Desesperado, fui hasta mi coche para comprobar si tenía algo de dinero suelto por allí. Aunque conseguí rescatar algunas monedas de la guantera, la cantidad total seguía sin ser suficiente para pagar el aparcamiento.

Teniendo fe en que la tarjeta de crédito volviera a funcionar, me acerqué de nuevo hasta la máquina para intentarlo. No tuve éxito. Entonces, de la rabia, pegué un manotazo al lateral de la máquina y acto seguido escuché una voz detrás de mí.

—¿Algún problema?

En cuanto me giré vi a un muchacho, más bajito que yo, vistiendo una cazadora azul y un pañuelo atado alrededor del cuello. En este caso, su rostro estaba al descubierto y el pañuelo no lo ocultaba como era habitual en los miembros de la WU LYF.

Me bloqueé durante unos segundos, fruto de la sorpresa y la excitación. Igualmente, no tuve mucho tiempo para procesar lo que estaba pasando.

Le dije que tenía un problema con la tarjeta y el muchacho echó un vistazo a su cartera.

—¿Cuánto necesitas? —preguntó con total indiferencia.

—¿Qué? —respondí, con dificultades para asimilar lo que el muchacho parecía dispuesto hacer.

—Tengo aquí veinte pavos, pero necesito unos seis para el aparcamiento y luego unos diez para una compra antes de llegar a casa. ¿Te llega con cuatro?

—¿Estás dispuesto a darme el dinero?

—Sí, ¿por qué no? —dijo, esbozando una ligera sonrisa.

—¿No quieres que te lo devuelva en otro momento?

—No te preocupes. Afortunadamente ahora no estoy en ningún apuro. No te molestes.

El muchacho tendió el billete hacia mí. Antes de cogerlo, vi mi oportunidad.

—Eres un WU LYF, ¿verdad?

El muchacho rio. Se señaló la cazadora azul y se ajustó el pañuelo hasta la altura de la nariz.

—Eso parece.

—Contéstame a una cosa, ¿por qué lo haces? —le pregunté con todo el deseo acumulado desde hace meses.

El muchacho vaciló un momento.

—Para cambiar el mundo. ¿Acaso no lo sabes ya?

—¡Oh, venga! Sé de qué va la cosa, pero yo me refiero a ti. ¿Por qué lo haces tú concretamente?

El muchacho me miró detenidamente y durante unos segundos no dijo nada.

—Toma el dinero. Paga con este billete y me das la vuelta. Es suficiente, ¿no?

Me rendí, pues dependía de la bondad del muchacho y de una pequeña parte del dinero que me estaba ofreciendo para salir de allí. No quería molestarle y que me dejara tirado de nuevo con el problema del que él mismo me estaba sacando.

—Gracias. De verdad —le dije con sinceridad.

—Cuenta la historia. Ya sabes quiénes somos —dijo, y me guiñó un ojo, como de forma irónica.

El fenómeno iba en ascenso. Pasaron los meses y el movimiento de la World United Lucifer Youth Foundation siguió creciendo y ganando aceptación. Muchos jóvenes, y no solo jóvenes, se unieron a la Fundación en muchas ciudades

39

y países. Al año, el movimiento había alcanzado ya una escala mundial. La gente confiaba en estos hombres y mujeres enmascarados y ellos les devolvían la confianza con sus nobles acciones.

Se hicieron canciones, se comercializaron camisetas, se escribieron más reportajes e incluso historias que se plasmaron en libros y en una película.

Aunque el amor y la admiración por el grupo seguía en aumento, tampoco era una sorpresa que hubiera sectores que los rechazaran.

Poco a poco, el movimiento tomó tal importancia que terminó llegando hasta las clases más altas. Los políticos empezaron a hablar de ellos y tanto la admiración como el rechazo tuvieron su representación. Mientras unos los ensalzaban como ejemplo de ciudadanía y como representantes de los valores de una sociedad sana y próspera, otros veían en ellos la amenaza de una revolución y el peligro de unos justicieros sin supervisión.

Como todo en la vida, era imposible que algo contentara a todo el mundo.

El grupo, como entidad, jamás emitió un solo comunicado ni nada por el estilo. Su única fuente de información, como ya he mencionado, era su cuenta de Twitter original, la cual mantenía los mismos diez viejos tuits que publicaron en su momento. De esa manera, el grupo parecía no necesitar nada más que recordar y dejar visibles sus principios fundadores: la ayuda desinteresada y la ausencia de un rostro o discurso.

Precisamente, a razón de este último apartado, surgió una polémica.

El cantante de un muy poco conocido grupo de música colgó un vídeo en sus redes sociales informando de que habían sido él y un amigo quienes habían iniciado el movimiento WU LYF.

Esto desató un revuelo. Todos se echaron encima de la personalidad. Si bien algunos le creyeron, la mayoría desconfiaba, aduciendo que la propia revelación de su identidad iba en contra de la filosofía del movimiento. Para ellos, dicha incoherencia implicaba que la revelación era falsa.

Al tiempo, otros personajes en busca de fama intentaron el bombazo. Incluso algún miembro de la clase política dio a entender que él había sido, si no el iniciador, uno de los inspiradores del movimiento.

En línea con estos sucesos, los contrarios a esta incansable cascada de mesías desenmascarados iniciaron un movimiento que retaba a todo aquel que declaraba haber sido el fundador o iniciador de los WU LYF a que mostrara en vista de usuario la cuenta de Twitter del grupo. Es decir, se le exigía que demostrara que también había creado la cuenta y podía gestionarla. Por supuesto, nunca nadie llegó a poder probar tal cosa. Si el iniciador de la idea era el mismo que había creado la cuenta de Twitter, este permanecía en el anonimato.

Precisamente, la cuenta de Twitter del grupo fue hackeada en algunas ocasiones, mostrando escritos absurdos, declaraciones políticas o, simplemente, imágenes pornográficas. Aun así, al tiempo el perfil recuperaba la normalidad, volviendo a exponer con orgullo sus viejos tuits de siempre, lo que demostraba que, aun en silencio, había alguien detrás de la cuenta que seguía denunciando las intrusiones y cuidando de ella.

Habían pasado dos años desde el primer tuit y si el fundador o fundadores de los WU LYF y todos sus miembros se habían propuesto cambiar el mundo, podría asegurarse que lo consiguieron. Si el mundo que lograron crear era el que pretendían, eso yo ya no lo puedo decir. Pero desde luego fueron muchas las cosas que cambiaron de un tiempo para otro.

La WU LYF se encontraba en el punto más álgido de su existencia en cuanto a actividad, fama y aceptación popular.

Sin embargo, la historia de los WU LYF es una historia de acontecimientos ya pasados. Es la historia de un ascenso y una caída. Como todo en esta vida, imperios, reinados, ideas, técnicas, lenguas o movimientos, estaban a merced del tiempo y condenados a un fin, a una decadencia que llegaría tarde o temprano. Fue en ese punto, a los dos años, cuando esta empezó a gestarse.

5

LA CAÍDA

De entre todos los acontecimientos que se sucedieron, tres de ellos fueron determinantes para culminar la caída en desgracia de la World United Lucifer Youth Foundation.

El primero de ellos tiene como referencia un nombre propio y un popular personaje de cuento: Robin Hood.

Pasados dos años de su nacimiento, al mismo tiempo que la popularidad e influencia de los WU LYF estaba en sus cotas más altas, surgió una rama dentro de la Fundación que se dedicó a una actividad muy específica. Integrantes de la Fundación, en su mayoría miembros muy jóvenes, empezaron a organizarse en grupos pequeños que se dedicaban a entrar en supermercados y saquear lo más rápido posible la sección de alimentos. En la huida, a todo correr, entregaban toda la comida que habían podido robar a la gente pobre y hambrienta que normalmente se apostaba en las puertas de los supermercados o en las inmediaciones.

Este tipo de actividad se produjo cada vez con más frecuencia y, como distaba mucho de las acciones originales de la Fundación, poco a poco sus autores empezaron a separarse de la misma. La indumentaria cambió. Las cazadoras azules y los pañuelos blancos se dejaron a un lado y se sustituyeron por unas sudaderas verdes, siempre con capucha. Ellos ya no se identificaban como parte de la World United Lucifer Youth Foundation. En sus carreras por los supermercados ya no era

43

ese el nombre que gritaban con orgullo, sino que repetían una y otra vez el mismo lema: "Feed the people!".

Las diferencias crecientes desembocaron en el nacimiento de un movimiento distinto: Las escuadras de Robin Hood. Nombre tomado del popular personaje que se dedicaba a robar a los ricos para dárselos a los pobres. Cabe mencionar que no sé con certeza quién los bautizó primero: si lo hicieron ellos mismos o el público y la prensa.

A pesar de que con el tiempo y al echar la vista atrás uno es capaz de distinguir a los dos grupos y sus respectivas actividades, en su momento era muy difícil separar la existencia y la obra de los WU LYF de las de los Robin Hood.

Lógicamente, toda esta nueva oleada de actuaciones y simbología vino acompañada de muchas repercusiones negativas para el grupo original. Titulares de prensa, críticas en las redes sociales y, principalmente, arrestos por parte de la policía. Es cierto que las detenciones no tenían mayor trascendencia, puesto que se producían normalmente en los saqueos a los supermercados y los detenidos solían ser jóvenes sin antecedentes penales o incluso menores de edad. Las consecuencias legales terminaban siendo mínimas, pero la imagen de la Fundación se manchaba poco a poco.

Los viejos debates en torno a la WU LYF y sus actividades resurgieron con más fuerza y se colocó al grupo bajo el foco de atención mediático. Las opiniones y el apoyo popular estaban envueltos en una marejada muy cambiante. Las discrepancias entre quienes apoyaban al grupo y quienes ponían en duda su legitimidad y razón de ser aumentaron drásticamente. Además, los primeros, que en un principio eran una evidente mayoría, empezaron a decrecer en número y las fuerzas entre un lado y otro se igualaron. Muchos de los que en un principio se posicionaban a favor del grupo, se volvieron en contra de estos y de su particular grupo de asalto de supermercados. Respecto a la WU LUF, el pueblo empezaba a estar completamente dividido.

Por otro lado, en paralelo al surgimiento de Las escuadras de Robin Hood, sucedió otro acontecimiento que yo considero como el segundo factor clave de la caída de los WU LYF. En una intervención a un atraco en un centro comercial, la policía acabó con la vida de un niño de nueve años. Ni los WU LYF ni Las escuadras de Robin Hood tuvieron nada que ver en el atraco, pero el suceso causó un gran impacto en la sociedad y, con ello, inició una serie de efectos en cadena que, inevitablemente, terminaron por alcanzar al grupo.

La muerte del niño fue un desafortunado y lamentable incidente. La investigación pertinente determinó que no hubo ninguna negligencia por parte de la policía y que su actuación fue la mejor posible en las circunstancias dadas. Sin embargo, las personas como espectadores creemos, y deseamos creer, que también es posible controlar la tragedia. Así, el incidente provocó que se avivara el debate en torno a la figura de los cuerpos de seguridad y a los procedimientos de estos en determinado tipo de situaciones.

Este suceso supuso la gota que terminó por desbordar una corriente silenciosa que venía circulando desde hacía tiempo. Desde el salto a la fama de los WU LYF era perceptible un creciente cuestionamiento de la labor de la policía en cuanto a la protección de la ciudadanía se refiere. Algunos sectores se preguntaban cómo era posible que los WU LYF tuvieran tanto éxito o, expresado de otra manera, tanto trabajo. "¿Dónde está la policía?", se preguntaban muchos y no sin razón. Llegó un momento en que era más probable que alguien que tuviera un problema encontrara antes a un miembro de los WU LYF que a un policía. O, al revés, que un integrante de los WU LYF acudiera antes a ayudar a alguien que los propios cuerpos de seguridad. De esta manera, el homicidio del joven muchacho avivó este sentimiento que yacía latente, lo cual daría lugar a la gran manifestación bautizada como la Marcha Blanca.

45

En medio de la escalada de popularidad de los WU LYF y la desconfianza hacia la policía, dos personalidades emergieron como cabezas visibles de la Fundación. No me parece relevante mencionar sus nombres. Estos integrantes, que nunca afirmaron ser los iniciadores del movimiento, se presentaban como miembros veteranos del grupo y, debido a su constante activismo, fueron arrastrados por el resto de simpatizantes al frente del escenario para convertirse en la cara visible.

Cuando se conoció la muerte del muchacho de nueve años a manos de la policía, la Fundación, liderada por sus dos representantes populares, dio un paso al frente inédito hasta la fecha. Promovida a través de las redes sociales, pero no por el Twitter original del grupo, el cual mantenía su inactividad característica, se organizó una manifestación multitudinaria de integrantes de la WU LYF. A esta actuación se invitaba también a cualquier persona ajena al grupo, con el único requisito de adoptar la indumentaria identitaria y, si no era posible, al menos el pañuelo blanco a la altura de la nariz.

La manifestación consistiría en una marcha a lo largo de las calles de la capital, con el fin de protestar contra la ineficacia de la labor de la policía y reclamar a las autoridades una mayor protección, presencia y seguridad para con la ciudadanía. Todo ello, por supuesto, enmarcado en un gesto de honor y recuerdo al muchacho tristemente fallecido.

La Marcha Blanca supuso un fenómeno curioso, pues, sin tal intención, congregó tanto a partidarios de la WU LYF, movidos por sus líderes, como a grupos contrarios a la misma, puesto que se sintieron identificados con el mensaje de la protesta. En su caso, estos grupos deseaban que la policía tomara el lugar que le correspondía y del que había sido desplazada por la Fundación.

Aunque esta congregación de distintos grupos y opiniones, en un primer lugar, supuso algo positivo, logrando que se reunieran más de cuatrocientas mil personas en las calles, al final, la combinación explosiva no soportaría la tensión y resultaría en una serie de conflictos que terminaron en desgracia.

La manifestación se llevó a cabo y, después del recorrido por las calles, concluyó con una serie de mítines improvisados de los líderes de la Fundación. Los mensajes fueron simples, pero sentimentalistas, lo cual atrapó el corazón de las masas.

Fue entonces, en medio de ese hervor de pasiones, cuando las diferentes opiniones entre los miembros de la marcha se intensificaron y se manifestaron. A aquellos que estaban más a favor de la policía que de la WU LYF no les gustaron nada los discursos realizados y los protestaron fervientemente. Estos mismos grupos reclamaron su derecho a poder hablar también, pero este fue negado por parte de los integrantes de la WU LYF. En pocos minutos, el conflicto se esparció como las llamas en un campo de trigo. Lo que empezó como un desencuentro dialéctico e ideológico se transformó poco a poco en un escenario de insultos, agresiones y persecuciones.

La policía, que irónicamente custodió toda la marcha y se encargó de que procediera sin problemas, se vio obligada a intervenir. Esa acción, como tercer ingrediente del peligroso cóctel, supuso el estallido de una batalla campal de proporciones históricas.

Por un lado, miembros de la WU LYF se enfrentaban a los cuerpos de seguridad y a los sectores contrarios a ellos. Por otro, miembros de estos sectores, resentidos por el abandono que habían sentido por parte de la policía en estos últimos tiempos, cargaron tanto contra unos como contra otros. La policía intentó contenerlos a todos, pero eran claramente inferiores en número porque nadie había podido prever tal explosión de violencia.

La batalla duró horas y se alargó durante toda la noche hasta el amanecer. Los disturbios trajeron consigo considerables daños materiales: escaparates rotos, saqueos a diferentes tiendas y locales, contenedores y coches ardiendo, señales de tráfico arrancadas y paradas de autobuses destrozadas. Sin embargo, todo eso quedó en un segundo plano. La violencia de los manifestantes alcanzó tal nivel que se cobró la vida de dos personas, ambos miembros de la WU LYF. Al parecer, los jóvenes fueron víctimas de una emboscada llevada a cabo por los contrarios al grupo. Estos les propiciaron una paliza a la que los dos muchachos no pudieron sobrevivir.

Con decenas de detenidos, cientos de heridos y dos fallecidos, lo que había comenzado como una Marcha Blanca terminó por convertirse en una noche negra.

Los dos altos representantes de los WU LYF condenaron con rabia las muertes de sus compañeros y la tensión entre ambos bandos aumentó más si todavía era posible.

La situación era compleja y exigía de una mirada paciente y reflexiva para poder apreciar y analizar todos los detalles. Lamentablemente, nadie fue capaz de hacer algo parecido. Quizás así se hubieran podido aportar ciertas soluciones. El debate se simplificó y las opiniones se radicalizaron: o estabas a favor de los WU LYF o estabas en contra. Nadie fue capaz de mantener posiciones intermedias como para comprender los motivos de uno u otro lado y condenar los actos equivocados, independientemente de quien los cometiera.

Tras estos sucesos, la presencia en las calles de los miembros de la WU LYF disminuyó ligeramente. Así lo percibió la gente. En contraste, esta presencia se volvió más ruidosa. Ahora los miembros concluían sus actuaciones con el grito de lemas mucho más agresivos como: "Larga vida a los WU LYF", "La WU LYF es imparable, ¡aceptadla o huid!" o "Enemigos de los WU LYF, ¡apartaos de nuestro camino!".

Este ambiente social y político fue el resultado del segundo de los incidentes que influyeron en la caída de los WU LYF. A pesar de que las circunstancias eran convulsas, creo que muy pocos hubieran podido imaginarse la naturaleza del tercer y último incidente, el cual, por motivos obvios, terminó por condenar al grupo.

Pocas semanas después de los disturbios de la Marcha Blanca, una joven de diecisiete años sería violada y asesinada por un grupo de tres jóvenes en el portal de su propio edificio, cuando regresaba sola y de noche a su casa. Las cámaras de seguridad del edificio de enfrente revelaron que los perpetradores vestían cazadoras azules y pañuelos blancos, lo que, presuntamente, provocó que la víctima bajara la guardia y confiara en ellos al pensar que formaban parte de la WU LYF y que sus intenciones eran honorables.

Una noticia como esta golpea tan fuerte y de tal forma que consigue hacer que la manera en que uno ve las cosas cambie rápidamente y por completo. A partir de este momento, uno tiene la sensación de que todo lo que había acontecido hasta entonces con el movimiento WU LYF había sido una broma. Una especie de juego, una película. Quizás tan solo un gran espectáculo de entretenimiento que ha terminado por devorarse a sí mismo, a través de actuaciones y actitudes cada vez más impulsivas, ambiciosas y grandilocuentes, y del que la gente termina harta. Algo cambió a partir de ese momento. Los días parecían más grises, más trágicos. Era como si hubiese caído un velo. De esa forma tan sencilla, la fantasía de un mundo rebosante de bondad y solidaridad en el que uno cree vivir desaparece por completo. Los miembros y fanáticos de la WU LYF empezaron a retirarse en silencio, como si la broma se les hubiera ido de las manos. Su presencia en las calles desapareció casi por completo en las siguientes semanas.

Precisamente, en esos días posteriores, el gobierno finalmente intervino. Su actuación me recuerda a la de un padre que ve a su hijo pequeño jugar con algo inapropiado. Primero ríe por la gracia que le provoca la situación inusual y luego le advierte del peligro. El niño se muestra indiferente ante estas llamadas de atención y eleva la intensidad de su juego. El padre, antes indulgente, al final se ve obligado a actuar porque el niño termina haciéndose daño a sí mismo o, lo que es peor, a otros.

Así, el gobierno intervino con seriedad y determinación y llevó a cabo dos medidas que supusieron una sentencia de muerte para la WU LYF.

La primera de ellas consistió en aumentar considerablemente la presencia policial en las calles de todas las ciudades del país, y se autorizó y ordenó a cada miembro de los cuerpos de seguridad a realizar algunas de las actividades por las que los WU LYF eran conocidos, como asistir a personas mayores o escoltar a jóvenes solitarias en el trayecto nocturno de vuelta a casa.

La segunda fue una medida polémica y sin precedentes en la historia democrática de nuestro país. Su finalidad, a mi parecer, era de un carácter más simbólico que práctico, pero igualmente suponía un ataque directo a la Fundación y a su identidad. Se decretó por ley la prohibición de vestir pañuelos blancos, ni alrededor del cuello ni mucho menos a la altura de la nariz. Respecto a las cazadoras azules, el gobierno no dedicó ninguna palabra, pero, con el tiempo, se demostró que tampoco hubiera sido necesario tomar acción alguna. Tras el último acontecimiento en el que dicha prenda estuvo implicada, el asesinato de la joven en su portal, el símbolo quedó estigmatizado y desde entonces provocaba una general sensación de rechazo y vergüenza. Durante los años siguientes, quienes se atrevían a vestir una cazadora vaquera azul se exponían a un cúmulo de miradas de juicio y sutil desprecio.

Así fue como murió la WU LYF y como nunca más se vio a nadie vestir un pañuelo blanco por la calle.

6

LA CONVERSACIÓN

Soy un periodista. Inevitablemente, a lo largo de los años he desarrollado una opinión personal acerca de la existencia y la obra de la World United Lucifer Youth Foundation. Como ya anteriormente he expresado, no creo que sea pertinente compartir aquí mi opinión personal; sin embargo, a medida que trabajaba en este proyecto, he sentido que tampoco debo permanecer del todo ajeno a esta historia.

Yo soy un periodista. Mi labor es contar historias, narrar lo que sucede, con la máxima claridad y objetividad posible. Eso es lo que he intentado hacer aquí. He recopilado cada dato y cada argumento que me han parecido relevantes, he expuesto la perspectiva de una y otra parte, y he tratado de contar los sucesos tal y como acontecieron y a medida que yo me he ido encontrando con ellos.

Pero también soy una persona. Una persona que forma parte de una sociedad y es testigo de unos sucesos, los cuales, sin duda, le afectan, de los cuales tiene una opinión y ante los cuales reacciona. Una persona que se preocupa por las personas que sufren y por el futuro del que todos somos responsables.

Es por eso que considero que debo terminar esta historia relatando el momento en que, por última vez, más allá de conversaciones informales con amigos o conocidos, escuché hablar de la Fundación. Es cierto que la conversación que recojo a continuación no aporta ninguna información nueva, veraz o determinante para la historia, pero creo que, habiendo dicho

51

lo anterior, el lector comprenderá al leerla las razones que me llevaron a incluirla.

Esta conversación tuvo lugar unos diez años después del último tuit emitido por la Fundación, el cual seguía siendo el último punto de su declaración de principios. Unos siete años y medio más tarde de la desgraciada muerte de los miembros de la WU LYF en la Marcha Blanca y del asesinato de la joven de diecisiete años en el portal de su casa.

Aconteció en una mañana gris, aburrida e intrascendente, como muchas otras de estos últimos años. Había salido del edificio de mi redacción y disfrutaba de un café en un banco del paseo marítimo, el cual normalmente transitan jóvenes haciendo deporte, madres primerizas con sus carritos de bebé y algún que otro anciano cumpliendo rigurosamente con su anodina rutina matutina. Casi sin darme yo cuenta de ello, a mi lado se sentó un hombre joven, de pelo corto y rostro totalmente común. En un principio, se quedó allí callado y relajado, disfrutando del pacífico momento, hasta que, tras un rato, repentinamente se dirigió a mí.

—Usted es —dijo moviendo su dedo en señal de duda— aquel periodista, el que hablaba mucho de la WU LYF, ¿no es cierto?

Mis cejas se arquearon ante la inesperada referencia. A pesar de la mala imagen con la que se recordaba a la Fundación, no pude evitar sentir un extraño orgullo de que mi identidad estuviera ligada a ella. Con una leve y modesta sonrisa le confirmé sus sospechas.

—Sí, sí, ya le recuerdo —dijo con candidez. Recuerdo que, por lo general, siempre tenía buenas palabras para el grupo.

—Confieso que me gustaban mucho las cosas que hacían, aunque luego todo ello derivara en unos acontecimientos tan terribles —comenté.

—Sí, sin duda. Fue algo vergonzoso y lamentable —expresó el joven con gravedad en su voz—. ¿Qué cree que ocurrió para que todo terminara de tal manera?

Me sorprendí gratamente ante una pregunta tan interesante y, al mismo tiempo, tan personal. Me tomé un momento, sonreí y luego respondí:

—He pasado mucho tiempo pensando en esa pregunta. Sé qué sucesos tuvieron un impacto crítico para que las cosas cambiaran hasta el punto en que todo terminara en desgracia. Los Robin Hood, la Marcha Blanca... ¿Se pudo haber hecho algo distinto? ¿Algo más influyó en todo ello? No lo sé. El movimiento se construyó sobre una idea que parecía útil e inocente.

—¿No ha pensado usted que el objetivo del movimiento quizás fuera otro? Hacerse con el poder, obtener impunidad, desafiar a las autoridades...

—No lo creo, no —le miré con recelo—. Baso mi opinión en sus únicas declaraciones oficiales. Los mensajes en el Twitter del grupo. "No violencia y ayuda desinteresada". Para mí eso marca una línea muy concreta de acción y un objetivo claro.

El joven clavó su vista en mí por un momento.

Parecía analizar algo.

—Sí, es cierto. Estoy de acuerdo con eso.

—¿Y usted qué cree? ¿Cuál fue la causa que condujo a la caída en desgracia de la Fundación? —pregunté.

—Lo que ocurre siempre, ¿no?, las personas. El movimiento era noble, pero las personas comenzaron a usarlo en su propio beneficio. Aprobación pública, agenda política, intereses personales... Se perdió de vista el verdadero propósito y todo terminó por transformarse y convertirse en algo distinto. Precisamente creo que una de sus premisas principales, la de ser un movimiento sin rostro ni nombre, seguro que la recuerda, pretendía combatir exactamente eso.

—Siga hablando —animé a mi interlocutor, pues le percibí deseoso de profundizar en el asunto.

—Fíjese como no tardaron en salir varias personalidades que pretendieron servirse del grupo para sus fines personales.

53

Ganar fama, promover sus negocios o sus programas políticos o corroborar sus teorías sociales. No fueron precisamente pocos. En mayor o menor medida, todo el mundo comenzó a usar el grupo en su propio beneficio. Muchos miembros empezaron a exponer públicamente las acciones que realizaban. Muchas personas no solo llevaban a cabo sus actuaciones, sino que también las grababan y las compartían en sus redes sociales. Usaban la etiqueta de turno y se unían alegremente a la corriente, recibiendo con orgullo la aprobación social que ello traía consigo. Todo eso, amigo, es vanidad, es narcisismo. Y es eso precisamente lo que creo que quien ideó la WU LYF pretendió combatir con la ausencia de nombres y rostros. Uno hace la acción por el bien que provoca la acción, no para que el foco caiga sobre quien la lleva a cabo, sobre ellos mismos.

—Sí, lo entiendo. Así lo sospechaba. Hacer el bien por el bien, no por la publicidad o la aprobación social. Esa es la ayuda desinteresada. ¿No estamos hablando de puro altruismo?

—Ese es un debate complejo, en el que no quisiera meterme. Únicamente diré que, si las primeras acciones del grupo sacaban un beneficio propio, ese supongo que sería el de saber que habían actuado con bondad y compasión y que con ello habían ayudado a las personas. Esa, personalmente, me parece una grata y noble recompensa —mi interlocutor guardó silencio por unos segundos—. Igualmente, he de confesar que no me sentí muy defraudado con esa primera transformación del grupo. Aunque fuera por vanidad, la gente seguía llevando a cabo actos buenos por los demás, siendo amables y compasivos. Ese no era el espíritu original de la WU LYF, pero en cualquier caso no me molestaba del todo. Me molestaba, y me molesta más, lo contrario: que en nombre del bien se lleven a cabo actos crueles y miserables. Y eso, amigo, es más común de lo que uno se imagina.

—¿Cree que la Fundación podría haber previsto que todo acabaría de una manera tan trágica y vergonzosa? —inquirí.

—Teniendo en cuenta que no creo que existiera una fundación como tal, sí creo que la persona o el par de personas que idearon el movimiento podían prever que ocurriría algo así.

Me sorprendí con su respuesta.

—¿Y aun así deciden seguir adelante?

—No es tan sencillo. No creo que ese fuera un motivo de peso para tirar abajo su propósito inicial. El uso corrupto de un recurso es algo esperable y común, ante lo que uno no puede hacer nada.

—¿A qué se refiere?

—A lo que hablábamos antes. El problema son las personas. Hay personas que simplemente se dedicarán a hacer el mal. Da igual la herramienta que tengan delante. Si no es una, es otra. Algo, cualquier cosa, siempre se puede usar para hacer el mal, y quien decide hacer el mal con ello son las personas. ¿Dejamos de fabricar martillos, bates de beisbol o cuchillos solo porque las personas pueden hacer daño y matar a otras con ellos? No. Da igual las herramientas o las leyes que tengas, estas personas corruptas buscarán la manera de usarlas en su propio beneficio.

"La WU LYF pedía la confianza de las personas para poder ayudarlas. Esta confianza podía ser usada para tal fin o bien podía ser usada en contra de las mismas personas a las que la Fundación deseaba ayudar, como ya vimos. Es obvio que esto último nunca fue el espíritu de la WU LYF. La herramienta está ahí, pero son las personas quienes deciden cómo van a usarla. ¿Cómo se puede luchar contra eso? No creo que haya mucho que se pueda hacer".

Clavé mi mirada en sus ojos. Las palabras de ese hombre traían consigo un mensaje en apariencia simple, pero poderoso.

—Habla del espíritu de la WU LYF. Creo que las premisas son más importantes de lo que parecen. Desde el principio, quien ideó todo parece que quiso establecer qué era y sería siempre la Fundación y qué tipo de actuaciones o actitudes no podían ser identificadas con ella —comenté.

—Sí, exacto —el joven se emocionó con mis palabras—. ¡Estoy totalmente de acuerdo! Fíjese en la última premisa, la cual decía que la WU LYF era la suma de sus partes. Eso significa lo siguiente: si uno quería ser un WU LYF tenía que cumplir con todas y cada una de las premisas. Aquel que se declarase iniciador del movimiento o aquel que le pusiera voz y rostro a los buenos actos que llevaba a cabo no estaría cumpliendo las premisas de la Fundación y, por tanto, no debería ser considerado miembro de la misma.

—¡Exacto! Sí. Me doy cuenta, entonces, de que quien estuvo detrás del movimiento tenía claro cuáles eran sus puntos débiles y sus riesgos. Sabía en lo que todo ello podía derivar.

Mi interlocutor me miró fijamente y esbozó una leve sonrisa.

—Sí. Así lo creo. Quien sea que fuera lo sabía bien y, con el buen uso de las palabras y la lógica, tomó medidas para que ciertos actos no fueran atribuidos jamás a la WU LYF.

Asentí, sonreí por nuestro mutuo acuerdo y guardamos un momento de silencio y de complicidad entre los dos.

—Parece que ha reflexionado mucho sobre el tema —le dije.

—No le voy a mentir: soy fan del movimiento —dijo con cierto rubor.

—El problema es que no creo que las reglas, por muchas que se establecieran, pudieran detener la transformación del movimiento.

—Estoy de acuerdo. Pero no creo que esa fuera la intención de quien ideó las premisas. Creo que estas más bien pretendían mantener a salvo a la Fundación, para que cualquier acto que se saliera de las premisas no pudiera ser atribuida a ella. En cierta parte —siguió diciendo mientras se acomodaba en el banco—, pienso que lo que sucedió era inevitable y, como le digo, él, ella o ellos lo sabían. Tarde o temprano, el movimiento se daría a conocer, para bien o para mal. Entonces, en ese punto, la Fundación corría el riesgo de pasar a servir como medio para los intereses de otros. Como hemos dicho antes, unos la usarían para promover su imagen, otros para defender una u otra postura política, otros para tener la posibilidad de realizar actos criminales, etc...

—La fama lo arruinó todo. En cuanto la Fundación llegó a oídos de todos, y asumo mi parte de responsabilidad en ello, pasó a existir como una institución ajena e independiente de sus participantes. Se convirtió en una entidad aparte.

—Sí, la fama fue un regalo envenenado. Dio a conocer a la Fundación, pero a la vez la convirtió en una entidad dependiente de la opinión pública. En el anonimato, la Fundación era invencible, inmortal. Cuando la fama llega la hace vulnerable, porque entonces su supervivencia depende de la aprobación popular. A su fin original se le une un segundo fin: la lucha por la propia supervivencia de la entidad. Y cuando uno tiene dos fines, corre el riesgo de que ambos, en algún momento, puedan entrar en conflicto. El fin original, entonces, es susceptible de ser sustituido u olvidado por del fin de satisfacer las expectativas de la gente, en pro de la propia supervivencia de la entidad, ¿me explico? Y en este conflicto uno de los fines, *a priori*, es críticamente más importante que el otro.

—Sí, sí. Al final toda iniciativa termina olvidando sus orígenes y termina persiguiendo sus intereses propios, aunque sea el más básico de ellos, como es la propia supervivencia.

—Exacto. Fíjese en cuantas asociaciones, movimientos, partidos políticos, incluso, nacieron con la intención de cambiar las cosas. De promover esto y lo otro, de llevar a cabo una actividad o la otra. Pero con el tiempo, todas las agendas terminan cambiando. Toda entidad cuando germina como organismo independiente y pasa al dominio público, terminará sacrificando sus pretensiones originales por el interés personal más básico de todos: el de sobrevivir. El público tiene un gran poder y las entidades terminan rindiéndose ante él. Muy pocas entidades tienen la valentía y la determinación para seguir manteniéndose fieles a sus principios originales, independientemente de cuál sea la opinión pública al respecto.

—Todos terminan vendiéndose a ella —añadí.

—Exacto. Terminan subordinándose a decir y a hacer lo que el público espera y desea. Porque la opinión pública puede ser un monstruo aterrador. De él dependen el poder, los seguidores, la influencia, el dinero, el estilo de vida, la aceptación, la idolatría... Todo eso ciega a cualquier líder y le hace perder de vista su propósito original. *"El mayor revolucionario se convierte en conservador el día después de la revolución"*, decía alguien, no recuerdo quién. La opinión pública, al igual que da el poder, de la misma manera lo puede quitar, y este mismo poder, este mismo juego, puede terminar por corromper a cualquiera.

—Pero la WU LYF no se corrompió, ¿o sí?

—La WU LYF no pudo hacerlo porque nunca tuvo un líder. Las propias premisas de la Fundación lo impidieron. Se protegió a sí misma. Pero existieron líderes de otras entidades que hablaron en nombre de la Fundación y que ya se esforzaron por adaptarse y transformarse en lo que fuera necesario para contentar a la mayoría.

—Ser fiel a sus principios los llevó al fracaso —dije.

Y mis palabras hicieron saltar a mi interlocutor. Me miró con suspicacia.

—¿Usted cree que fracasaron? —me preguntó, casi dolido.

—Diría que sí. Al menos ya no existen como tal. Ya no se ve a jóvenes vestidos con cazadoras azules ni pañuelos blancos. Es más, ya no es posible verlos porque está prohibido. Ya no se escuchan sus lemas, ya no se oyen sus historias... ¿No es eso un fracaso?

El joven sacudió ligeramente la cabeza, poniendo en duda y rechazando mis palabras.

—Respóndame a esta pregunta, ¿qué cree que intentaron conseguir los WU LYF, los primeros, con todo ello?

Sonreí al escuchar la pregunta.

—¿Cambiar el mundo? —dudé de mi respuesta—. Verdaderamente no lo sé. Fue un movimiento sorprendente. Al principio parecía una broma, luego un ejercicio publicitario, un desafío viral o una nueva moda de enaltecimiento del ego de un grupo de jóvenes... No lo sé. Ojalá tuviese a uno de los primeros delante de mí para preguntárselo. ¿Qué cree usted? —le pregunté.

El joven dibujó, brevemente, un gesto de desconcierto en su rostro. Luego sonrió con cierta humildad.

—Cambiar el mundo, ¿eh? No sé si un objetivo tan grande es posible —reflexionó por un momento.

¿Sabe? Creo que en el fondo solo era un grupo de jóvenes cansados y molestos de oír cómo todo el mundo quería cambiar las cosas, pero nadie realmente lo hacía. Usted puede verlo. Políticos, líderes, personalidades religiosas, activistas, empresarios, famosos, artistas... En verdad, todos tenemos una forma en la que creemos que el mundo puede y debe funcionar, pero no la ponemos en práctica. Todos pronunciamos muchas palabras bonitas, pero casi nadie lleva a cabo verdaderos actos. Y son estos los que producen un verdadero cambio, no las palabras.

"¡Sí, sí! —el joven cada vez hablaba con más pasión—. Todo el mundo tiene palabras preciosas: debemos ser más amables con los demás, debemos ser respetuosos con los desconocidos, debemos tratar de ayudar... pero a alguien se le caen las bolsas de la compra en la calle y nadie se acerca a ayudar. Alguien se equivoca, mete la pata y nos reímos de él e, incluso, lo insultamos. Alguien está siendo golpeado y nadie se acerca a intervenir. Un amigo, un compañero o un conocido sufre a nuestro lado y ni siquiera le tendemos nuestra mano. Hay oportunidades para hacer un mundo mejor ahí afuera, a muy pocos metros de nosotros, y muy pocas personas las aprovechan. El mundo, si se puede cambiar, empieza a cambiarse en nuestro barrio, en nuestra calle, en nuestra propia casa, mediante los gestos más pequeños y más cercanos.

Creo que esos jóvenes solo quisieron dejar a un lado las ideas y las promesas por un momento y actuar. Mostrar que es posible cambiar el mundo, no con palabras, sino con acciones pequeñas y sencillas".

—Es una visión muy optimista y romántica, pero ¿en verdad cree que eso puede tener un verdadero efecto y que es posible cambiar las cosas? —le insistí.

—No lo sé. Verdaderamente no lo sé. Pero sí sé que un mundo que merezca la pena no es uno donde las personas no son amables y solidarias entre ellas. Si hay alguna forma de cambiarlo, esa forma empieza o pasa por los actos cercanos y cotidianos. Con las personas que están aquí a nuestro alrededor. Quizás no puedas cambiar el mundo, pero sí puedes cambiar el mundo de alguien. Y al hacerlo, además, generas un modelo, introduces una enseñanza indirecta, la posibilidad de comportarse de una manera diferente, ¿me explico? Quizás ese alguien, en un futuro, en una situación similar, se acuerde de cómo actuaste tú y se sirva de tu ejemplo.

—No es la primera vez que escucho algo tan *hippie* —dije con humor.

El joven rio.

—Sí, me lo dicen mucho. Pero verdaderamente lo creo. Es como introducir cierta energía positiva a la circulación de la vida, aunque sin el tono exotérico. Pones actos amables en el mundo para hacer un mundo un poco más amable. Así de simple. Luego, como digo, además funcionas como ejemplo. No solo te comportas como te gustaría que los demás se comportasen contigo, sino también como esperas que los demás se comporten con los demás. Es una enseñanza humilde, anónima, silenciosa.

Mi interlocutor hablaba con delicada pasión y saboreé sus palabras con alegría. Estaba siendo una conversación emocionante y enriquecedora.

—La WU LYF no fracasó —dijo, con una pequeña sonrisa en la que percibí orgullo—. El mensaje ha calado. Hay gente… Aún veo gente por la calle que no lleva la indumentaria, pero que continúa haciendo buenas acciones, como los viejos miembros de la Fundación. Hace unos días fui testigo de cómo un joven ayudaba a una mujer invidente. Al principio pensé que el muchacho sería un familiar, quizás un hijo o un nieto, pero cuando se acercaron y se detuvieron a mi lado justo antes de cruzar la calle, pude fijarme en algo que el muchacho llevaba en su chaqueta. Se trataba de un pin que mostraba dos bandas entrelazadas, una azul y otra blanca, con las siglas WU LYF gravadas encima en letras doradas. ¿Lo ve? Creo que de eso iba la WU LYF. Algunas personas han entendido el mensaje, la verdadera finalidad. Si pretendía sobrevivir, la WU LYF fue un fracaso, claro. Yo ya sabía que no lo haría. Pero, si me permite el atrevimiento, le diré que yo estoy seguro de que la WU LYF jamás pretendió sobrevivir, sino poner de manifiesto cómo se cambia el mundo. Y creo que eso lo ha logrado.

Mi interlocutor hablaba con convicción y sentimiento. Guardé silencio y luego continuó.

—¡Lucifer! La luz que cae del cielo, heraldo de un nuevo amanecer. El ángel que desobedece a Dios, que se opone a sus designios, que se rebela contra el orden imperante. El ángel que desciende de lo abstracto, de lo espiritual, del plano de las ideas y pisa la tierra, lo mundano, lo cercano, lo fáctico. Lucifer nos desafía, nos dice que no sigamos los preceptos de los dioses, de nuestros líderes, de nuestros políticos. Nos dice que no sigamos la voz; sino que seamos nosotros mismos nuestros propios dioses, los propios creadores. Nos enseña que podemos ser nosotros quienes podemos crear el bien, que podemos actuar.

Escuché con atención sus palabras y cuando terminó le lancé una mirada de sospecha. Hablaba con tanto sentimiento y con tanta seguridad acerca del grupo que dejé de pensar que me encontraba ante un simple fan. Justo cuando me disponía a hablar, él se adelantó.

—Al menos, es como yo interpreto el nombre —el joven emitió un teatral chasquido—. Debo irme. Ha sido un verdadero placer hablar con usted —y se puso en pie con agilidad—. Siga escribiendo, me interesan las cosas de las que habla. Y recuerde el mensaje: cualquiera puede cambiar el mundo, cualquiera puede actuar. Solo consiste en eso. Tan simple como hacer compañía a un alma solitaria, ayudar con la bolsa de la compra a una mujer embarazada u ofrecer un par de monedas a un hombre en un aparcamiento. Para mí, esas cosas cambian el mundo porque cambian el mundo de las personas.

Tras decir eso, el joven me sonrió, me tendió la mano y se marchó tan silenciosamente como había venido.

La conversación que mantuvimos aquel hombre y yo y las reflexiones que me transmitió me parecieron dignas de ser rescatadas y ser puestas por escrito. En un principio, pensé que esa era la última vez que iba a tener un encuentro con un miembro de los WU LYF, aunque él en ningún momento confesara haber formado parte del grupo. Más tarde, reflexionando sobre las palabras del hombre, me di cuenta de que día tras día, ocultos entre la multitud y el anonimato, casi invisibles, me encuentro con miembros de la WU LYF, ayudando con sus pequeños gestos a hacer mejor el mundo de algunas personas. El joven tenía razón: la WU LYF nunca fracasó. Y, en cierto sentido, la WU LYF nunca llegó a morir.

Este libro se publicó
en el mes de julio
del año 2024